致敬木心

如雾起时

高永伟 著

西南大学出版社

图书在版编目（CIP）数据

如雾起时 / 高永伟著 . -- 重庆 : 西南大学出版社，2024.1
 ISBN 978-7-5697-2091-4

Ⅰ.①如… Ⅱ.①高… Ⅲ.①中国文学－当代文学－作品综合集 Ⅳ.① I217.2

中国国家版本馆 CIP 数据核字（2023）第 234102 号

如雾起时
RU WU QI SHI

高永伟　著

责任编辑：何雨婷
责任校对：李晓瑞
装帧设计：闰江文化
照　　排：王　兴
出版发行：西南大学出版社（原西南师范大学出版社）
　　　　　地址：重庆市北碚区天生路 2 号
　　　　　邮编：400715
　　　　　网址：http://www.xdcbs.com
经　　销：全国新华书店
印　　刷：重庆市正前方彩色印刷有限公司
成品尺寸：145 mm × 210 mm
印　　张：5
字　　数：120 千字
版　　次：2024 年 1 月　第 1 版
印　　次：2024 年 1 月　第 1 次
书　　号：ISBN 978-7-5697-2091-4
定　　价：38.00 元

目 录
CONTENTS

甲辑 风光

青海六日 / 003
天镇 / 005
福建冬月 / 006
六盘山 / 007
地区 / 008
神一样的苞米地 / 011
哈密 / 012
大巴山雪景 / 013
松嫩平原 / 014
桂地 / 015
冀北乡下的云天 / 016
宁夏农家 / 017

在河岸　/ 018

莫莫格　/ 019

林中的菇　/ 020

忻城遇雨　/ 021

乡间日出　/ 022

新疆行记　民居、葡萄架与水　/ 024

靖宇记　/ 026

远游　内蒙古　/ 027

云端之上　/ 028

出云南　/ 029

簌簌的竹叶　/ 029

百色与河池　/ 030

乌兰察布夜游　/ 031

立夏日　在汉中　/ 032

八月　在海南　/ 033

甘肃　一座村庄　/ 035

长江之南　/ 036

白河记　/ 037

松花江之冰　/ 039

北京抒情　/ 040

安徽腊月　/ 041

浪生　/ 042

甲辑 世间

一天最好的时光	/045
现代侠客	/047
地铁猫步	/048
乞者的笛声	/049
人之间	/049
距离（其一）	/050
距离（其二）	/051
"啪！"	/052
农家	/053
肥大的花	/053
拌辣椒秧子	/054
联排大衣柜	/055
憨厚的男子	/056
娃娃们	/057
四面皆山	/058
庄园式住宅	/059
"豆丁儿！"	/060
最好的年华	/061
青衿少艾	/062
不冷	/063
村里的小学	/064
同龄人	/065
一串咸鱼	/066
登机	/067
一个村	/068

心伤 /068

村里最辛苦的男人 /069

阿罗 /070

菩萨 /071

三个儿子 /072

十亩地 /073

大青竹 /074

盖房子 /075

草原食物 /076

荸荠、鳊鱼与莼羹 /077

齐言鲁语 /078

畴昔遣怀 /079

玄思 /079

星光 /079

粲然 /080

音乐喷泉之夭 /080

酸辣粉 /081

一餐饭 在延边 /082

莎草与溪流 /083

六月 在河南 /084

新疆烤馕 /085

年的记忆 /086

音乐 /087

乙辑
少年

振幅·一 / 091
七月在都城 / 092
掉毛的毛衣 / 093
雨后的大风 / 094
元月六日 / 095
巴赫 / 095
无忧无虑的叙事诗 / 096
鸟鸣 / 097
翠樾千重 / 098
晚归 / 099
凌晨三点五十分看海 / 100
一米的距离 / 101
来归 / 104
隐喻 / 105
夕阳 / 106
年集 / 107
房间 / 108
面前 / 109
人物 两男子 / 110
一日一晨 / 111
夜歌 / 112
电荷 / 114
美梦成真 / 115
在辽宁 / 117
《洛阳伽蓝记》集句 / 118

草叶 / 119

失忆症 / 119

毒 / 120

解药 / 121

人物 侍者 / 122

H / 123

六月初九 / 124

赴约之后 / 125

人物 色彩 / 126

九月初笺 / 127

春分补记 / 128

快乐一种 / 129

SEPTEMBER / 130

在村里遇到一个患精神分裂症的人 / 132

达里雅布依组诗 / 133

如雾起时 / 136

后记一
沪上三年记 / 143

后记二
打开海子的正确方式 / 144

甲辑

青海六日

福建冬月

天镇

佛法六盘山

阿里地区

神一样的苞米地

大巴山雪景

哈密

松嫩平原

桂地

冀北乡下的云天

宁夏农家

在河岸

莫莫格

林中的菇

忻城遇雨

乡间日出　　　　　新疆行记 民居、葡萄架与水

远游 内蒙古　　　　靖宇记

云端之上　　　　　　百色与河池

出云南　　　簌簌的竹叶

乌兰察布夜游　　　　立夏日 在汉中

八月 在海南

　　　　　甘肃 一座村庄
长江之南

白河记　　　北京抒情

　　　　　　　　　　安徽腊月
松花江之冰
　　　　　　浪生

风光

青海六日

路像河流一样弯曲
车如鱼一样顺流而下
山巅的云
给骏马投下广大的影子
四千米高原上的雨
冷寂扑面
白的 黑的 方的 圆的帐篷
牦牛随意吃草
黑得如墨
这里是青草覆盖的高原
新生的河水到处流淌

帐篷一朵一朵地，散布在青青的草原上。冷雨打湿鞋面，也洗亮青草的叶片。高原上绝不见一棵树，地鼠钻入又钻出，在洞口的高地上眺望。牦牛裹着一身湿漉漉的长毛，慢慢移动着吃草。

草原上的牧民，一家子一起过日子，把帐篷装到卡车上，逐水草而居，而牧。石头样的房子，也是有的，那是供奉活佛画像和存放金属、玻璃器皿的地方。老嬷嬷调制的乳酪炒面藏餐，喂饱了因冷雨而愈发饥饿的胃。一人撑一把伞，从青草洼的倒影里走过。

太阳照耀在山石上，焕发出明亮的调子。山石往下是草甸，青草和小花一直延伸到河岸边。水势很大，激流激荡，沿山谷下落。在峭壁旁开车，滚落的山石清晰可见。

夤夜抵达，逼仄小店一楼住下。清晨梦醒，窗帘拉开，浩浩汤汤的江水赫然就在窗外。

在村委会前的荒草地里捡拾一只牦牛的角。牧区里入户斜挎在后腰，石灰白的角骨按下如佩刀的柄。

天镇

阴山余脉，东南走天镇，收于环翠山。龙脊横亘，气度雍容。山上不见树木，赤山裸石，刀锋凌厉，笔笔雄浑。山体苍黛色，平畴之上，飒然成山。真天骨也。

福建冬月

八闽大地,依山傍海,地势西北走东南,隔海峡望台湾。冬月前后,山川依然皆绿。仙游、菜溪、游洋、秀屿、月塘、洛江、洪梅、外山,在地名里想象一个草木丰荣的福建。

眼睛里也满是绿色。当此旬日,属冬季里的极冷天,昨夕北国飞抵,却只觉热气腾腾,一路脱衣摘帽,热得不亦乐乎。夜色之下,福州海岸,通海连江,大桥极多。广域高船,远望星星点点,别是一番蓬勃气象。

朝发福州,动车沿东海岸线南下,莆田、泉州、厦门,再折向西北,过龙岩抵赣州。海岸线诸县市,一派热带风貌,惜今日雾气浓重,不可窥全貌。

过厦门走漳州,邻座大姐惠赠芦柑一枚,酸爽有味。窗外景物,也渐有山乡味道。

闽人重利,言诺,轻文饰,饮食清淡。得食花胶鸡,色黄,汤润。花胶如干燥的银耳而润泽过之。当地人言,取材为百斤海鱼的鳔,盛筵一盅千金云云。一笑置之。实为鱼鳔晒干,口感滑腻,略腥。

福建冬月,站台花开,女孩还拽着好看的裙摆。晒得黝黑的兵士,一身迷彩乘车,行军双肩包上用马克笔写着名字,散发出浓烈的阳刚之气。

佛法六盘山

晚七点五分,漫山遍野黄澄澄,让人想见法相庄严,光明正大。山谷草木镀上一层金色,灿灿烂烂。

观景台上小驻,远望长山,杉林密布,光辉显赫,法度森严,立诸有情。

阿里地区

一

拉萨起飞，1小时到日喀则，巡航高度1万米。过珠穆朗玛，云雾掀开一角，露出耀眼的白，仿佛触手可及。接天连地的山啊，叩问世间何所求。

飞机落昆莎机场。下舷梯，罡风强烈，空气透亮，山峦明白。

出机场，车队沿冈底斯与喜马拉雅山脉间河谷219国道飞驰，几无人烟，偶尔有野驴，身体壮硕。

水极少，地呈红褐色。陆续出现了河流，心生感动。

有的山上，星星点点长着叶片坚硬的草，一簇一簇的。极其不容易的。要知道，这里是"屋脊中的屋脊"，平均海拔4500米以上。

二

秘境西藏，天上阿里。

阴天的时候，云气扩散。雪山乍隐乍现，如天上的宫殿显现人间。

日出之前，山体呈黄褐色。雪山之外，众山平滑如锦缎。

阴沉的云气裂开，隐约明亮。再开，是雪山，巍峨高耸，晦暝变幻。

气温陡降，雪落成毡，银色覆盖荒原。日光也成白色。

太阳出来了，万物明媚。高山草甸上，河流缓缓流淌，金光闪闪。漂浮的云气，把山染成黛色。

　　地老天荒的高原啊！绿色的河谷里，羊群像云朵一样散落在草地上吃草。两岸山上乱石嶙峋，寸草不生。

三　　车辆跑出去130公里，不见一人，路长到让人绝望，阳光普照，一点儿新鲜事没有。绝无草木的山，过了一座又一座。在这样的时候，偶尔出现的动物，让人心生亲切感。连片连片的山，时不时出现的翡翠湖，目之所及的雪山，都看厌烦了。想万家灯火、灯红酒绿，想现代社会能带来的一切便利与享受。

　　因为缺氧，所以要慢，要节约能量。曾经有无穷的力量，现在是苟延残喘，是残膏余火。于是消绝不必要的能量释放，斩断欲望的根。

　　在阿里，肉体的欲望降到最低，以至于无。

　　净化心灵，原来是从身体开始的。

四　　清晰听到心跳的声音，脑袋里如安装了一个马达，而且很沉。煎熬的头痛，让七情六欲都消散。看湖泊碧绿，雪山纯白，天空湛蓝。内心没有任何杂念，唯有等待，看身体如何应对。

　　吐了。

五　　高反适应了。高原之上,像鹰一样翱翔,仿佛不用呼吸。在这天上人间如鱼得水,纵情沉醉。

巍峨的雪山是众神的栖息地。如果要皈依,请把自然的壮美永赐予我,让其永随于我。

神一样的苞米地

神
一样的苞米地，
浩浩荡荡包围村庄。
母亲在村庄里养育，把
娃娃的羊角辫，高高扎起。
无可逃避的苞米地，
裹着村庄，吸纳村庄的污垢，
把可以啃食的玉米棒子，还给村民。
烈日下，暴雨里，苞米坚定扎
根。墨绿的茎，茁壮有力，指向天空，
密密麻麻。
哎呀，苞米是美洲人伟大的发现，
属于全人类的胃，承载爱与希冀。
东北广袤的大地，可以挥霍的
绿色，我们配得上这样的
馈赠吗？

无所谓的，无所谓，苞米自然生长，日复一日，吸风饮露，如同村庄安静，村庄孕育。

哈密

远山连亘，近处麦浪翻涌。粗大的树木，排列出笔直的窄道。视线沿青翠的麦田望上去，黑山之上是白的云，再上是略显阴沉的天。山巅之上，积雪明亮，仿佛触手可及，其实远得很呢。

"哈密游四季"，果然。一会儿，麦田不见了，换成了高山草甸，有俊美的马，在啃食青草。忽闪而过白色的帐篷，那是游客在驻扎，当地人，大都住在土木砖石的房子里。

车辆爬到半山坡，山体开始穿上绿衣，是松林。于是乎山巅白雪皑皑，山腰松涛阵阵，山脚绿草茵茵。当地人言，开放道路之外，山口封禁，一以育林保山，一以防止狼、野猪袭人也。

过山了，车速放缓到20迈，一时云雾蒸腾，烟雨朦胧。外面游客，着长袖外套。忽然之间，又什么也看不见，高山之上，恍如隔世。

右侧的山露出一角，再一抬头，云开雾散，原来还是大晴天。下山极其顺畅，车如流水一样顺势而下。

黑牛、黄牛散落在河道两边吃草，偶尔有水潭，基本都是裸露的干涸的河床。山上存不住水，都是即时下雨，即时流走。

道路沿着河道延伸，在山间的谷地穿梭。一侧的山体不再是平滑的锦缎，也没有了松林，遑论麦田与草甸。触目是散落的石头，一团一团叶片很硬的草，附着在石头间的罅隙里。已然换了一个世界。

猛一抬头，路已经平了，广阔的戈壁滩赫然在望。

一道山梁几重天，因为这是天山。

大巴山雪景

　　大巴山，北隔汉中望秦岭，而雄浑过之。大石深沟，隔断人迹。雪线之上，积雪堆积不化，如棉如盐，皴染山峦。至于暮色四合，远望苍茫，而雪白淡淡，接天连地，气势尤其恢宏。古来蜀道难，果然有如斯之大巴山啊！

松嫩平原

  松嫩平原肥沃的土地上，草木茁壮生长。夏季的烈日和暴雨，给大地注入强劲的生机。青草、蘑菇、大葱、夏稻，万物生长。翠绿的汁液，流淌在高粱挺拔的嫩茎里。年轻，真好。

  雨水冲洗过的泥地，留下牛、羊、大鹅的踪迹。它们去哪儿了？不知道。抬头望，是无尽的苞米地，把院子遮住，把屋顶藏着，把每家每户的故事加密，把大酱烧茄子的香味，延伸到对世俗的无尽想象中去。

  如果可以，请让这个季节停留。

  停留在大雨如注的那一刻，水雾弥漫的时候，细眼看远山的红马吃草；停留在绚烂晚霞布满的天空，大平原上，处处是霞光；停留在植物油绿油绿的威武神气里，雨水过后，"恣意妄为"。

  松嫩平原正年轻。

  借此获得力量。

桂地

　　向晚时分，天色尚残留日光的瑰丽。众山安静耸立。当此刻，得钟灵毓秀之本义。

　　夜幕降临，月华初上，在山巅。黝黑的山体，轮廓尤其阔大。月光阴柔，小小的玉盘，降服众山。

冀北乡下的云天

屋瓦之上,即是云天。已凉天气等待,在乡下。风吹过的地方,是大海的寂静。午后,云片布满天空,呈壮阔的排列。风凉了,天空分外清醒,如想通了一般。

人们,闲适的人们,散坐在房屋的根脚,如这云天一般。

宁夏农家

　　　　天冷的时候　炉火旺盛　干牛粪煨的土炕燥热
　　　　回望　平缓的山丘勾勒　晚天沉静的绯红
夜幕降临　走出好远了　房屋的主人还在后面　一次一次告别
　　　　　内心欢喜　不可言说

在河岸

一群羊过河,把他吵醒了。雨后的河水,有一种汩汩的声音,充沛着能量。河岸边躺下后,时光仿佛模糊,那是二十年前的十来岁,而又仍然是现在。清晰知道有一台车停在不远处,下午还要工作。躺在凹凸不平长着青草的砂石地上,略有点儿潮,铺一件衣服,把头枕在草丛里。青涩的味道沁入鼻翼,紧绷的肌肉、攥着手机的手,都放松、放下,闭目。

于是风就刮在了树梢,"唰唰唰"。于是有一只蝇飞来,在盘旋,后来落在袖子上,后来就不知道了。于是河水击打河床,是雨后的水。于是玉米地里也"沙沙沙"起了风。

万籁俱寂啊,万窍奏乐。自然的无穷奥秘,他好久不曾领悟了。内外忧愁,一身躺平。乡村雨后的河堤上,游走记忆,辗转成眠,五蕴皆空。

还给自己一颗少年心。

莫莫格

　　大水与路面平,青草长在水里,这里叫泡子。雨季的时候,水向外漫,淹没更多的草、水洼,连成片,于是成了湿地。泡子里游动着很多黑鱼,不知是哪里来的,于是镇名就叫黑鱼泡。村民习惯养马,马匹散在泡子的边缘吃草。远看天、水、青草、马,很梦幻。马长成后,卖掉。村里人说,人家买去不知道干啥,有养的,有宰了卖肉的。听完大煞风景。

　　水上有一种小船,远看像浮在青草丛上。路上眺望,长水一痕,弧度柔美,一时遥想西湖泛舟。走近看,铁皮的,锈迹斑斓。汗颜。

　　莫莫格湿地保护区,村里人说,以前各家的地,十多垧,百十亩。水来了,鹤来了,现在一家两三亩,日子却越过越好了。

　　莫莫格,蒙语是乳汁、母亲的意思。

林中的菇

　　林中的菇,是童话的入口。走着走着,错落地出现几只菇,童话故事开始了。其他草啊树啊,青青绿绿,就菇啊是白的,灰的,冷色系,很突兀的。那胖胖嫩嫩的模样,是不同寻常的出现。儿歌里唱的"采蘑菇的小姑娘",轻巧、有趣,如果改成"割草的小姑娘",就是一个凄苦的故事了。

　　菇是润的,嫩的,处于一种极其脆弱的状态。而以其脆弱,堂而皇之地长在竞争激烈的大地上,才有了这种童话感。童话是非日常,非油盐酱醋的,就像菇不是主粮,而近乎是一种调味品。

　　林中遇菇,踱步回童年。

忻城遇雨

突如其来的雨,打消热浪的张狂肆虐。云气在流动,雨水洗刷炙热的大地。雨,更大的雨狂下,把山尖洗翠。水汽沁入鼻翼,糅合夏天的气息,形成感官的盛宴。远天撕开一角,露出蔚蓝的天,似海岸一般。

乡间日出

早晨六点三刻。

村东。鸡、麻雀、喜鹊叫。狗叫。远村寥落。遇邻家叔叔,寒暄数语。远处隐隐火车声。村东田间小路。

东天红,淡淡的红。不见炊烟,未醒的村庄。路上偶有车。

冷,手冷。

远天红,早晨的霞已经开始布置,时刻变幻,迎接再生的主。回望昨日的西天,沉郁的白。

天越来越亮,一缕白雾萦绕在树间。头顶天开始变蓝,雾气渐淡。光明的主要降临,四望都是土色,只有东天是红。

太阳出现了!淡淡一抹。羞涩,想象,思索,试探。哦,日出也是在人间的。

喜鹊欢叫起来,为这霞光。出来了,出来了!荒地之上,正圆的太阳,下面是疆村。太阳哦,我热切地望你,所有的神圣都比不上你,我亦以你为神,你是我膜拜的王!

浓浓的一个圆,万千地都荒凉,只有你是热与火。这样的红,可以触摸的红,好圆的圆啊。这样的浓郁,哦,太阳,万千的霞光,只为你这个主。

天际纯净。一步一回头,都是不一样。我往西走,冷风、雾气,背后一片光明。我知道有你,你是希望。

七点二十五。

愈发明亮,出现镜面的红,太阳诞生在这里,在这土地里。

要看不了了。七点半。已经看不到圆了。光芒罩起。

太阳上天,它成了众人的太阳。

新疆行记

民居、葡萄架与水

中国农村的宅院，普遍是前院后宅。也就是住的地方不临街，前面有个院子，可供使用。具体哪种功能，是存放农具、圈养牲畜，还是栽树种菜，又视地域不同而千变万化。

如果是在内蒙古，想要到人家里去坐坐，基本上要穿过白花花的羊群，惊得鸡飞狗跳才能到屋檐下。在黑龙江，则要途经萝卜、黄瓜、扁豆和辣椒菜园，甚至一小片玉米地。在河北、山东这些地方，在院子里大可以观赏锄头、镢头、镰刀、扁担、铁锹如艺术装置一般摆放开来。注意，无论进哪一个院子里，都要表现得人畜无害才是，因为宅子里可能有几双眼睛盯着你，你在院子里的一举一动都在被观察、评估——这就是前院后宅的好处，什么事都在主人的视线范围内。这也体现了农村宅院极具实用性的一面。

在新疆则不然。以南疆为例，这里的村子，前宅后院，宅子临街。宅在前，院在后。细想一下，这其实也是出于实用的考虑。

首先，新疆日照强烈，在民宅建设上，基本不需要像中国北方普遍的那样，首要考虑采光，按坐北朝南设计。在新疆考虑的是避光。硕大的宅子，进去后左一间，右一处，屋连屋，房通房，完全不用考虑日照从哪里来，反正随便都能有光嘛。

其次，新疆地方大，且喜种瓜果。南疆的村子，规划是两侧宅子面向道路而建，宅子后面才是院子。院子接着另一户的院子、宅子，再是路，以此类推。这样的村庄铺陈，有几个特点：一是占地面积大，二是道路通达，沿着路可以随便到哪一家的门口。这些院子，都大得令人咋舌，几乎就是一片田地，遍植桃、杏等果木，也有瓜和各色的花。可谓家家栽树，户户种瓜。

前宅后院，宅临街，院隐蔽。宅前隔音、隔尘的任务，交给路边连排的高大的白杨树或茂密的葡萄架。

以南疆阿克苏地区阿瓦提县为例，这里的村庄，有平房的地方，必有葡萄架。葡萄架呈拱形，由长条的一掌宽的木板钉扎而成，最高处的拱顶离地面有五六米。葡萄藤攀爬而上，形成一个与街平行的凉棚，简直就是一道绿色长廊。葡萄的品种很多，阿瓦提县种的多是青葡萄，现在这个季节，葡萄已经有眼珠子大小了，高高挂下来，绿莹莹的，一串上籽粒有近百颗，珠圆玉润，煞是喜人。

对于葡萄，当地人的原话是，有平房的地方必有葡萄架，跟宋朝人讲"凡有井水处，皆能歌柳词"似的，可见葡萄受新疆人的喜爱程度和种植的普及度。

新疆是这样一个地方，一个有水什么都长的地方。天山、昆仑山的冰雪融水，润泽了北、中、南三条古丝绸之路。叶尔羌河、塔里木河，河水流经的村庄，人民安居乐业，世代繁衍。而在那一望无垠的棉田的地头上，沟渠里汩汩流淌着的清水，看着真让人感动、感激。

靖宇记

茂密的深林里，松子静静落下，打在天麻柔嫩的茎叶上。各种神奇药物，躲着阳光生长，在黝黑的沃土里沉迷生之快乐。林中并不总是寂静——雨水滴落的声音，苍老的一声咳嗽，试探的木棒拨开藤蔓，低低密语，提醒这里是烟火气浓郁的人间。

六月在靖宇，长白山西麓。

远游

内蒙古

一　　山色可变，从黛青到亮绿到远古的黑。大片的云遮住太阳，又让开，又遮住。长路眺望，如儿时的梦，如久远深沉的记忆。

二　　科尔沁右翼前旗、苏尼特右旗、四子王旗、奈曼旗……辽阔雄浑的名字，如风头逼近，掠过草原牛敦实的后背。

烈日照耀大草原，四野阒无人迹，却不是荒凉。纤细的草任风摆布，绿色的汁液乳汁般哺育大地。岩石上匆匆爬过草原蝎的幼子。

骏马是这里的主人，凑近这离天最近的动物，以天之纯净映衬一己之慌乱。深吸一口草原风，背靠堆垒起来的干牛粪拍照。一年归来，血液里流淌着草原的精魂。

云端之上

一　　飞机上看云，如海，如雪后的湖面，几处冰封，几处融化，蔚蓝处是粼粼水面。

二　　乌云连成片，很是骇人，阳光下一簇一簇紧密排列，颜色从灰到黑渐变，威势逼人。

三　　一卷一卷紧紧塞在一起的云，像泥沟里爬出的绵羊的毛，显得脏而无所谓。阳光灿烂，这灰云只是一动不动，看了让人心生绝望。

四　　窗外云气奔涌，机身颠簸跳腾，云之暴戾传导及机舱及身，心生恐惧，稍有不慎，尽成齑粉，万事皆空。机舱内外漆黑，想象环堵皆山，耸然而立，嶙峋峥嵘。

　　机翼一灯如豆，平缓下降。下望灯火璀璨，如龙走蛇，辉煌靓丽。晚九点，诸天众山皆黑，唯人间明亮。一家一户晶莹，如宝石然。庞然大物云雾里抵达，隆隆破空，如与云同游。

出云南

晨光如雨霁,暮色若酽茶。循着晨光出发,怒江流到这里,水面变宽,水势放缓,淙淙流过千年寂静的山。

太阳出来了,最先出现在山巅,点亮众峰的顶,于是山间云气散去。阳光打在湿漉漉的植物叶茎上,莹莹然。

车抵谷底,急湍灂波探手可及,涌涌如马腾。

簌簌的竹叶

汽车驶过泛水的路面,黄叶落下,贴在车顶的天窗上。层林深杳,碗口粗的竹子一长就是一簇,深入云里雾里。簌簌的竹叶,飘落下来的时候,转成一个梭子。

百色与河池

草木茁壮生长的地方,山风特别大。植物有很多种,都叫不上名字。绕山的时候,明一会儿,暗一会儿,阳光就显得格外明媚。进村的路,一侧峭壁,一侧悬崖。当地的人说,发生过一次交通事故,如同空难。

处处山峦,那是极其俊美的,有锦绣铺陈之感。桂西南多为喀斯特地貌,谷底存不住水。当地人言,每年二至十月份,雨势大盛,惜皆入地下河,村中人几无所取。地下河一处露天口,水面有一间房大小,深可达三四百米。

植物的叶片折射太阳的光芒,如镀了一层金边。有时贪看植物的美,会忘记奔波的劳苦。

乌兰察布夜游

精致的面罩之下,是一颗赤子之心。推杯换盏罢了,在空旷的街道漫步。烤炙恰到好处的牛头肉,与四望无人的十字路口一个味道。千金堆在面前,荒凉与繁华,也不过一念间。宝宝温婉的笑,女子裸露的脚踝,文字魅惑的组合,嫁接爱的一千万种可能。生活的甘汁尽情吮吸,劳累的边缘,是执着。

执着善的必然,智慧的无边,以及持续的爱与欢喜。

立夏日

在汉中

中年男子热烈的鼓点，敲击群山环绕中一个深藏的夜。江水浩浩荡荡，晚天黑云纤细，映衬在彩灯之上。晚八点,河堤栈道行人如梭,吸纳夜与江的凉气。立夏初日，百般困扰都罢，汉江源头，石板凳上坐下来，一生一世都行。

八月

在海南

一　　天上的云像羊群一样出现的时候,就抵达了海岸线的上空。俯瞰海面,是字义里的蔚蓝。

二　　走路的时候,生怕柚子砸到脑袋。

当妈妈的,昂头用铲刀铲下一颗木瓜,回家炒菜给娃娃吃。

院子里守着一整个游泳池写作,抬头望,夜幕上布满星辰。

三　　橡胶树的皮在凌晨四点被割开,九点,乳白的汁液积满一碗,就可以拿去造轮胎和橡皮圈了。樟树三十年长得遮天蔽日,砍一根下来,香气四溢,蚊虫不近。网格吊床是随处都有的,躺上去玩手机,早中晚睡觉,老少咸喜欢。

傍晚时分,村里精壮的青年赤脚持斧上树,修砍山龙眼树。树下老人、妇女、小孩,远远围着,只等着"咔嚓"一声,枝条跌落,一众奔到丛叶中摘食,如羊吃草,质朴可爱。

民房隐匿在各种树下，往往以为不会有人了，但又是一片炊烟四起的景象。"散落聚居"四字描述准确。

岛上有蟋蟀，有威风凛凛的紫须蟑螂，还有默不吭声的长尾壁虎。

晚八点以后酒店禁止游泳，因为没有救生员啊。

中午日照强烈，光脚走路，烫。

甘肃

一座村庄

　　村庄寂静，喜鹊的叫声显得格外高亢。阳光明媚，是水晶透明的亮度。上午气温上升，所以轻风拂在面上并不冷。背着毛毡着急去放羊的大叔，停下脚步跟小姑娘说话。小姑娘脚上穿着红袜子。

　　入冬以来，草已经枯黄。前几日下的雪，在沟渠的背阴面尚有残存。人家的屋顶，全是土色。山坡上，视野极好。一层一层黄泥抹平的，是民居。远处是在很舒缓的坡上吃草的羊群。再远，是记不清的久远的记忆。

　　这里有几股泉水，村民引以浇灌菜园，接入厨下，四季不干涸。

　　明清以来，就是这样了。

长江之南

长江之南，古时的楚、吴与越、蛮与荆，襟江带湖。

几千年是水啊孕育这片土地，先听听这名姓：湖南、江西、浙江、台湾，再者宁波、香港、澳门、海口——水汽扑面而来，烟波浩渺，澄澹汪洸。江之南，从湖、湾、洲、港到海，都离不开一个"水"字旁。

如何离不开？因为水流入家家厨下，户户枕水，屋后连码头。小桥行舴艋，大桥通艨艟。我曾去过嘉兴一个山村。村前平畴广地种植水稻，屋后翠樾千重，筱竹万竿。平常的村庄，屋前屋后是水。低洼的地方必是一潭，系一舟如芥，隐在树荫里。临水摆的青石搓衣板，长出青苔，与水色合二为一。这是从专诸刺王僚就有的村庄啊！千百年到今天，这水。

乌镇也好，周庄也罢，那是重建的，是勉强圈起的孤地。四面八方的游客不是搭船顺水而至的，而是乘车转站购票进去的。那围起来的水，是不通的。

江之南，水之渊薮。

白河记

秦岭以南，汉江之滨，大巴山东麓，栖息着这样一座小城。或许因其位置之隐蔽，或许因其战略之无足轻重，这里遗存了大量明清古建筑。从往昔繁忙的商埠渡口沿山而上修建的，是鳞次栉比的民居。马头墙、黛屋顶、格子窗、木柱石桥、铁门石墩——古与今的实用结合，碰撞出一种世俗的美。

这种美是深藏的。五金杂货，南北吃食，热闹的大街上一扭头，顺青石阶梯望下去，是深邃的巷子，直到视线所不及。只这一瞥，白河就成了一个让人忘不了的地方，仿佛知道了有一头稀有的神兽存在，让人时不时惦念。

这其中，最有名的当数桥儿沟。一条约700米的窄巷，有石阶456级，可以想见其陡，其精巧，其巧夺天工。两侧楼房，几欲相合，伸手可以摘取对面阳台上的衣服。东家炒菜了，借西家颗鸡蛋也甚是方便。仅容三四人并行的巷道，时不时现出一汪泉水。凿岩取水，本是为日常生活使用，却在不经意间给这里注入了一股灵性。步之所及，总有泉水的声音萦绕，叮嘱你，这里是白河。

桥儿沟之外，有很多的沟，也就是巷子。沉沉的夜里，仿古的红灯笼熄灭之后，泛着清辉的白灯就显出来了。如月的灯光下，缓步慢行，光影随动，步步成画。踱步入岔路口，又是一番深与美之不可测。暗影里跳出一只白猫，一个矫健的转身，凝神看人。大花盆里栽培的青蒜，疏疏落落，青涩之中透出一股妩媚。夜深了，人家都睡了，寂静划过耳畔，喃喃地诉说一个梦境，提醒你，这里是白河。

哦，这就是白河，一座汉中之东偏远的小城，陕西境内海拔最低的县。何日再游一次桥儿沟？如何再去寻一只白猫夜晚的眼睛？明夕何夕，再去听流水的声音萦绕，做一个安静的梦。

松花江之冰

"冰"不是一个字。

零下20摄氏度的松花江面上,看不到两块同样的冰。已经不是冰,是水的诸多幻象:如玻璃,如玛瑙,如软玉,如霜如雪,如天龙八部的大千世界,如杀伐之后的古战场,就是不像冰。零下20摄氏度的松花江面上,"江面"已经词不达意,因为无"面"可言,放眼望去,是一堆刺刺拉拉的冰碴子,毫无规则,毫无秩序,冰上水,水上冰,冰上水再冰,推压,挤压,碾压。"今年'武封江'。"当地的人说。

灌溉了万顷良田的水,飘香了两岸稻花的源,曾经如何千娇百媚,如今就有多千疮百孔。

"冰"从来就不是一个字。就如同,"爱"不是一个字,"怕"不是一个字,"你"不是一个字,"母亲"不是两个字,"惦念"不是两个字,"抑郁"不是两个字。就如同,我们说不清破茧成蝶的奥妙。就如同,没人知道山峦的秘密。就如同,桦树的皮里,时间的隐喻不为人知。

应该有一本字典,来编纂字的波谲云诡。

冰。

北京抒情

空中俯瞰,灯火连接如浩瀚星辰,铺展开的银河,延展到无尽的黑暗中,是文明的集大成者,一座灯火之城。

平缓降落,静若悬停。工业文明精密的控制。传说中的帝王之气。回到帝都,扑落人间。

安徽腊月

和Z君一起给老大爷锯断一根木头,我就浑身舒畅了。泛着银光的斫斧划开冷猪肉的肌理,和雨水里的大青竹一样冷。竹筒摇篮里的两岁娃娃,定睛如暮色雨山的黛与黑。老太太的旱烟袋,火光一闪,腾起一阵白烟。山高路远,回头看白墙灰瓦下有人还在挥手。晚上开窗睡觉,清冷气息进来,棉被裹身想起海上同床共寝不共枕的好兄弟。檐前屋下风干的鱼啊,让我再亲吻一次就此生无憾岁月不居放马走江湖了。

浪生

　　浪一个一个涌上来，瞬时就灭了。先是波涛凝固了一般，釉质的绿定格，一波一波推过来。白色的浪花出现，整条海岸线亮，目不交睫，乍然散开在没膝的水里。濒临消逝的浪，仿佛是有光的一刻，看去如浮世绘的一角。白浪消亡，乱水奔涌的时候，裹挟黄沙如失去王的众生，现出混乱的场景。

　　从孕育到诞生到大放光彩直至进退失据的消亡，浪的一生。

甲辑

一天最好的时光
地铁猫步
现代侠客
乞者的笛声
人之间
距离（其一）
距离（其二）
"啪！"
农家
肥大的花
拌辣椒秧子
联排大衣柜
憨厚的男子
娃娃们
庄园式住宅
四面皆山
最好的年华
"豆丁儿！"
不争
青梌少艾
村里的小学
一串咸鱼
同龄人

年的记忆　　　　　登机　　　　村里最辛苦的男人

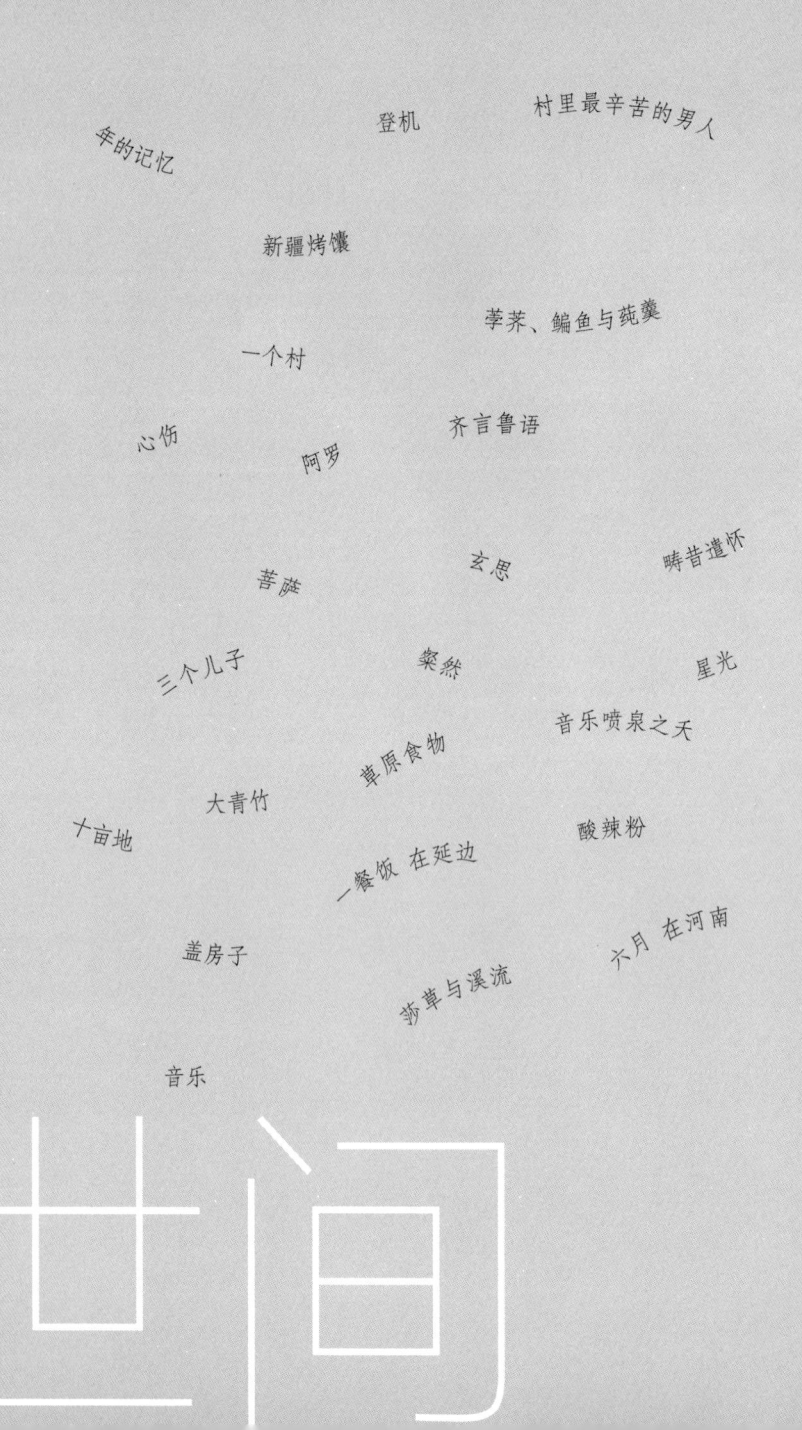

新疆烤馕

荸荠、鳊鱼与莼羹

一个村

心伤　　　　　　　齐言鲁语
　　　　阿罗

　　　菩萨　　　　玄思　　　　畴昔遣怀

三个儿子　　　　　粲然　　　　　　星光
　　　　　　　　　　　　音乐喷泉之夜
　　　　　　　草原食物
　　　大青竹
十亩地　　　　一餐饭 在延边　　酸辣粉

　　　盖房子　　　　　　　　六月 在河南
　　　　　　　莎草与溪流

　　　音乐

世间

一天最好的时光

照例是早班。

出地铁遇见同事,打招呼,一起往写字楼走,有那么一段路。

太阳刚刚出来。初春天气,空气略带寒意,拂在脸上,让人清醒而有一种天然的快乐。

同事戴着耳机,哼起了歌。

"唱来听听。"我说。

果然唱出来。

心照不宣大步走,迟到要扣钱的。

一会儿就不唱了。

"还能唱一首,还没到。"我说。

"看歌词呢。"她边说边掏手机。

果然又唱。

进写字楼。

"我喜欢去KTV唱歌。"

"不错啊。"我说。

进电梯。新电梯,四面金晃晃的,有柔和的暖光灯。

"这就是KTV了,可以唱了。"我揶揄道。

不犹豫,又唱。

我顺手按了个中间楼层。

"啊,到了啊。"歌声停。

"没没没,还能唱,没到,我故意多按了一层。"

又唱。

然后,真到了。

摘耳机,打卡,上班。

唱歌?不。最好的时光已经过去了。

现代侠客

早班地铁。好早啊,都昏昏欲睡,在睡。过道空空。

忽有唿哨声传来,由远及近,像风渐次吹过丛林。觑看,三黑衣男子,西装革履,前拥黑包,左旋右转而来。身材轻巧,面色凝重,如临大敌,快速经过我在的一排座位,向前推进而去。

什么情况?

中介小哥们在发放售房小广告啊。

地铁猫步

照例上早班。地铁空,排排坐——空的是过道。

"哒、哒,哒、哒",有规律的细高跟皮鞋敲地声,可以想象走路的姿态。

我们——两边排排坐的我们,不免为跫音吸引而注视。这边老大爷、小姐姐,那厢阿姨、初中生都抬头,扭头看。

半节车厢的那头,有名高挑女子盛装走来:发髻盘起,短款小红袄,齐膝鹅黄色绒裙,蕾丝袜——在地铁暖黄的光影里,妖妖娆娆。

"哒、哒,哒、哒",近了,又近了,不好意思再看,低头看手机,没手机的看包、指甲啊什么的,反正不抬头看。

走来。又走过去了。再看,看背姿。

另一排也看,也假装不看。

女子在车厢那头一扭身坐下,看不到了。她找到空位子了。

乞者的笛声

如鸟的叫声,不经过电波放大的声音有这样的好听。如面对面的歌唱,现场演的剧,有一种本真。

吹者邋遢,横笛破旧,人来人去呶呶。笛声起,把日色染亮,石阶树尖都是春色。

人之间

地铁车厢门开。

"砰叮!"浅绿伞落,女子已下车。

俯身拾,一脚跨出门:"你的伞!"

回首,错愕,粲然展眉,要说什么。

"叮咚,叮咚。"门关。

距离（其一）

有人在地铁里哭，靠着栏杆，抽泣，抬着头，面前是来来往往的乘客。

我走过，折回。隔一米远，不看人。

"你怎么了？"

不说话，弯胳膊拭泪。

我站住，等。车来了。

"需要帮忙吗？"

摇头。抽噎。拭泪。

我信步上车。

距离（其二）

在上海。年轻孕妇路边乞讨，腰挺直跽坐，以手扪腹。前面白板上写着"与男友私奔后被抛弃 讨资回家"。我停下脚步给她钱，她侧头轻声说"谢谢"。

"啪！"

晚饭在外面吃，刚坐下。

"啪！"细微的炸裂声。"怎么回事？"我一惊，循声望去，明晃晃的日光灯，什么也没有。

"啪！"仿佛皮鞭凭空的抽打声。"怎么回事？！"定睛看，服务员站着理餐碟，没事的样子。

"啪！"又来了。我心不安宁，相信还会有。

"啪！"果然。

起身。原来是墙上挂着的灭蚊灯。每一声，都意味着一只蚊子身体的爆裂。

细细的声音，不刺耳，刺心。

"啪！"

我吃完快快逃离。

农家

肥大的花

进门换鞋。门厅养着肥大的花。右侧槅门拉开,现出一铺大炕,炕上临灶一头,平摊着大片葵花籽。"烘干。"女主人说。

左侧门开,只见一个六七岁的女孩正趴地上玩(自家锅炉烧的地暖),着淡紫色蓬蓬裙,扭头看来人。

上炕,盘腿坐,聊家常。小丫头时不时探头。"过来打招呼。"女主人喊。不应。

一会儿赤脚跑出来,从冰箱里取一瓶汽水,递给妈妈扭开。"给叔叔喝呀。"不说话,拿着汽水逃走,进里屋咯咯地笑。

一会儿又来,直接跑到妈妈身边,扭身扑到怀里,又甜又腻。

跳起来跑开,去找姐姐。姐姐读六年级了,轻声跟妹妹说话。

拌辣椒秧子

61岁的老人,有两个儿子。次子长我两岁,未婚,上山捡蘑菇去了。

次子两岁的时候,孩子妈说家里困难,外出打工挣钱,再没回来。不是没去找过,也知道在哪里。"走了,哪儿还能回来啊!丢下两个孩子,靠我一个人养活。心太狠了。"

老人说,自己7岁跟父亲从山东来,村里水不好,慢慢得了大骨节病。"就这样。"摊开手让我看。

"又当爹又当妈,二儿子7岁的时候,一看,骨节也开始大了。赶紧离开,到另一个乡镇住,直到孩子长大,十年。"

屋里一直有一股酸味。

"什么呀?"我问。

"我拌的辣椒秧子啊。"

联排大衣柜

院子里荒了,草长到窗户上。进门的灶台、地上,摆满了炊具。里屋炕上,有桃子、镜子、脸盆,吃剩一角的面包。一个女孩坐在一堆衣服里,打游戏。她15岁,在镇上读初一。

女孩父母离异,爸爸外出打工,好久回一次,日常生活奶奶照顾。老人的智力,比常人稍低。

竟然有个联排大衣柜,衣服堆在里面,眼看着都要滑到地上了。怎么不挂起来?一台电视,埋在衣服里。电视前是电热壶,压在一条裤子上。衣柜前是水桶。

地上走路黏脚。另外一间屋子,只能在门口看看。

老伴五年前,吃鱼刺扎到喉咙,亡故。

"15年了,我把小丫头从这么长,养成这么高。"她蹲下身子比画。

"你戴眼镜不花?"老人忽然问。我摘下来给她,她戴上试了试:"啊呀,花了。"

很难的。

憨厚的男子

憨厚的男子，一人照顾父亲、母亲，住在深山。

父亲八十一，母亲八十。纯朴的庄户人，不多说一句话，看着我，默默地看着我，淡然，关切，慈爱。

90年代的水泥房做卧房，60年代的土房做厨房。一只土狗，拉着长长的链子。

一家人不多说一句话，问一句，答一句，腼腆地笑。

圆盆里洗的菜，绿莹莹的。

窨棚里睡着两头大黑猪，肥肥的。

娃娃们

娃娃 4 个。一个 12 岁，四年级，扎着明亮的耳钉。一个 10 岁，四年级。一个 3 岁，不说话，只看。

还有一个在二楼，从窗口探出头来。

"你几岁了呀？"

不说话，身子缩回去，看不见了。

四方桌，不开灯，四年级的两个，借着天光写作业。抄生词："腾云驾雾""科学家""星星"。3 岁的也来了，爬上凳子，踮起脚看，高度刚刚好。桌上有五六颗瓜子，3 岁的摸着往塞嘴里，咬开，吐壳，有条不紊。

12 岁的写了一会儿，同一个本子，10 岁的继续写。

"你俩怎么写同一本作业啊？"我问。

扭头，相视哈哈大笑。

我跟爷爷聊完，要离开。

都不写了，跟出来。

"Goodbye." 10 岁的说，声音小小的。

"Goodbye." 我小声附和。

二楼的又探出头来了。

四面皆山

四面皆山。下午过四点天色就暗,日光被山体挡住。需要早早穿上棉袄,御寒,防潮。一个老人在家,夏日饮山上收集的水,由塑料管道引到灶下。门口常年有垒的小水坑备用,里面投两尾鱼,人甫一靠近,鱼就躲到石头缝里、树叶的阴影下。

三层水泥房,二楼晾晒娃娃五颜六色的衣裤,一楼不住人,堆放杂物,养三头猪。

老人面色黝黑,牙齿极白。

"你们幸福的人不知道。我一辈子是老实人。盖起这房子,你以为容易吗?"他低头,沉思一会儿,伸出两根指头,"我一辈子说老实话。二十万块钱盖这房子,你以为容易吗?你们幸福的人不知道。"

庄园式住宅

五层，庄园式住宅。一、二层拱形门、罗马柱，三、四层雕花阳台。正楼"戴帽"，附楼楼顶做天台。玻璃幕墙内，隐约可见金色旋转楼梯。

电动大门门口，站一中年大姐，农家打扮。门旁放着电动车、饲料桶。

"这是谁家啊？"

"我姐姐家哦。"

"哎呀，这么大的房子啊，得多少人住？"

"一个人，我姐姐。"

"您这是在……"

"喂鸡啊！姐姐养的鸡。姐姐两个儿子，可有钱哟。"

就是这样。

"豆丁儿！"

干瘦干瘦的老太婆，说话声音响亮，皮肤是强烈日照晒后的古铜色，眼窝深凹，双目炯炯有神。

"豆丁儿！"

豆丁是她的狗，一只白色小泰迪，跑起来风驰电掣。

她带我入户，兼做我的翻译。

远处的山很大，连绵起伏，植被葱茏。近处平畴开阔，我们就在这样的村路上走，去另外一个社。一大群麻雀排在田里固定电线杆的钢丝上，见我们走近，"呼——"飞起来。"啊！"两人同时感叹。

"讨人嫌，最讨人嫌哟。"原来她是嫌这些麻雀吃庄稼。

四川话有一种麦芒锋利的感觉。豆丁其实叫"豆豆"，喊起来就是"豆丁儿"的音。豆丁儿亲昵人，我一搭手，它就要跳起来玩耍。见了其他村社的土狗，它一点儿不畏惧，跑起来玩。往前走，出现两只大狗，它有点儿害怕，但不表露，转着圈后撤到我们身边，有点儿"战略性转移"的意思。

老太太通情达理，我问她给儿子带孩子不。她说："带哟，怎能不带嘛？我能干就给他们干一点儿，就是这样子哦。"

她穿一双淡绿色的雨鞋，带我入户没来得及换。她边走边说"怎么穿这个出来了嘛"，然后笑笑，继续走。

最好的年华

清癯老汉。

18岁入伍，22岁转业，在村50年，曾任村民兵连连长、计生委员。

那一年，大儿子被抓进局子。二儿子辍学打工，被骗去干传销。老伴（他说"家属"）患病，"没得钱医，眼看着死"。老汉被村支书"算计"，取消了贫困户。

"我当民兵连连长，镇上的民兵连就设在我家。我当计生委员，镇上的人来我家办公。

"最好的年华都给了国家哟。"

脚上穿着帆布军鞋。一双旧的在南瓜旁，后鞋帮磨没了。

"那会儿的干部和现在的不一样啊。

"我一辈子没占组织一点儿便宜。"

新手机，他女儿给买的。他让我帮忙给联上无线网，看看怎么不显示联系人。

进屋，漆黑。我开手机电筒照着，找到路由器后面的密码。一只灰色乳狗在脚底下蹭我的腿，我假装跺脚吓它走开。又来。

老人找来一个绿莹莹的注射器针头，是八九十年代的那种。我拿着顶开卡槽，换了手机卡，把老年机的手机联系人导入新手机。

有了！

老人看着很开心。

"女儿给了1000块钱，你也给看看有没有。"

打开微信。

"有的，有的。还是闺女好哇。"我说。

"是哟，是哟。"

干传销的二儿子，姐姐去给找出来了，现在成都，跟着姐姐。

青衿少艾

一

　　游走如憨娈的小猫,盘桓在母亲的周围。不动的时候真是静。手里拿一根青草的茎,连带庭院都寂静了。

　　十七岁就不读书了。问她,她侧脸看着红砖墙,手里的草茎,转啊转的。

二

　　一句话不说,只是看。刚考上大学,要成人,要告别青涩的少年时光了。我们走的时候,她站在木门前,看我们穿过土坎坎的院子,杨木围起的羊圈。回头,她还在那里;再回头,不在了,只觉古旧的门廊,幽静而有生气。

不冷

砖和水泥砌起来的墙,没有刮腻子,没有刷涂料,内外都一样。

"家里有贷款吗?"同事问。

"有啊。"

"贷款做什么了呀?"同事问。

"结婚。又离了。"

"啊?"

"儿子去年贷款结婚,给彩礼了。今年离了。"

"哎呀,"同事停了一会儿,接着问,"怎么还贷款啊?"

"钱退回来一些啊,可以还。"

我递给他一根烟,他别在耳朵上。我把从酒店用纸巾包出来的糕点摆开,放在靠门口一张桌子上。红丝绒蛋糕、国王派、法棍,一口份的精装黄油。

天有点儿冷,他穿着露脚趾头的凉鞋。

他说,不冷。

村里的小学

小学坐落在河岸边的高地上。从操场上望出去，是莽苍的大山。两栋二层长排楼，中间连通，半面环绕这个风景极佳的学校。教室里，摆着课桌、可活动黑板以及堪称丰富的教具，日光灯明明亮亮。教室外，有乒乓球桌、篮球架。所有学校该有的，这里都有。

一个年轻的老师，教授语文、数学、英语、科学、生命与健康、美术、音乐、体育。

这里，有三个学生。

同龄人

1987年生,精壮的小伙子,皮肤粗糙,是日光照晒的古铜色。

一个人照顾父母,养两头牛,在村里干保洁员。

有两个哥哥,一个姐姐,均已成家搬走。

"怎么还不结婚?"

"找不到啊。"

"让哥哥姐姐帮帮,父母不能都让你自己照顾。"

"他们都在外面,成家了,有自己的小孩需要养,也顾不上。"

他的双眸平静,回答干脆、坦荡,如头上随便剪短的头发。

我黯然。

两束扎起的大草,靠在牛棚门边的墙上,青翠青翠的。

一串咸鱼

门前养一条细腰狗,一看就是逮兔子的良种。老人蹒跚过去,一下把狗带绳子一起抱住。

"往里进,往里进。"

进。

黑。

没开灯,只闻到微微的腥臭味,很淡的,似有似无。

"吱呀——"老人松开狗进屋了,很娴熟地不知道在哪里摸到一个开关,按开。

黑屋子被局部点亮了。

还是黑,也许因为家具都黑的缘故。

那种味道,还在飘散。

临出门,我霍然发现,梁上吊下来一大串咸鱼。

登机

　　脖颈处刺一个"美"字，blonde hair 在头顶扎成一束，偏到左边。下机场摆渡车，掏出小香水瓶，涂抹到手心。趁人排队登机，转身对着关上的墨色玻璃车门整理项链。蛮腰，翘臀，眉眼深邃。挎一个迷你 cute 包，一个黑色纸壳袋，无其他行李。左脚换右脚，右脚换左脚晃，旁若无人自己游戏，下午五点的阳光打在牛仔裤、白色格纹露脐小衫上。

　　欧美系女子，香水的气息沁出来了，丝丝甜腻，走路一身烟花气。

一个村

有山,有桃园千亩,有抬头望得见的明月,有夏夜晚凉,有长川绿水,有极目苍茫的天与地啊,有儿时不可磨灭的记忆。

拆了。

心伤

"啪!"

"啪!"

清脆的声音传到车内,从前挡风玻璃上。

不是下雨。天上月亮很圆,山里的格外美。

是骨骼碎裂的声音。

夜晚的飞虫,被车灯吸引,躲不过。

每一次声响,都是生命的陨灭。

夜晚开车,是不人道的。

村里最辛苦的男人

29岁开始，一个人抚养3个儿子。

儿子长大了，成家了，生娃了。

现在50多岁，一个人照看4个孙儿，伺候母亲。

儿子们呢？一个在外打工，一个在外打工失联，一个入赘。

现在，他在镇上租房带孙儿。幼儿园的，小学的，初中的，全都送去学校了，他再回村给母亲做饭。母亲86岁，三餐全靠儿子料理。

村里到镇上七八公里，山路。

"你身体怎么样？可不敢生病啊。"

"忙得很啊，哪儿顾得上生病。"他苦涩地笑笑。

我稍微有点儿放心了。

阿罗

阿罗说,自己丑,找不到对象,介绍的又不好。

她长着双大眼睛。

阿罗穿拖鞋,说,家里穷,买不起鞋子。到家一看,一屋子鞋子,四五双吧。"都是出嫁前的。"

阿罗抱着三个月大的娃娃,坐在地上。娃娃被照顾得很好。阿罗托着娃娃的小屁股,倒来倒去,站起来,单手转个圈,娃娃就到后背上了,跟变戏法一样。

到家里,见锅里白白的。

"什么呀?"

"炒面啊,给孩子吃的。"怕我不懂,她俯身抓起一把。孩子一直在背上,用布裹着。

孩子也有一双大眼睛。

阿罗二十多岁,家住大凉山。她说,周边人,嫁人都较早。

菩萨

几十年前水库搬迁修建的房子,屋内看不分明。东侧一个硕大的衣柜,把小小的客堂隔出一个可容一人站立的角落。

我走过去,看房屋状况。

北侧墙上,观世音菩萨慈眉善目地注视着我。光线昏暗,天光若隐若现,更觉菩萨光丽殊特。

画像前摆着香案,炉灰盈台,可见奉请之虔诚。

三个儿子

88岁了。儿子嘛,有好几个:一,二,三。小小的一个人,干瘦干瘦的,坐在门前搓洗衣服。墙上戳一根棍子,是晾晒用的。进门是一大堆玉米秸秆,黑黢黢的灶台,铿亮的锅盖,然后是一张油腻乌黑的四脚小方桌,放在坑洼的泥地上。毫无准备地,出现一张极高的木床,好几床被子铺展开,露出一个枕头。

这沿街的小偏房,是三儿子的。

大儿子?二儿子?

成家立业,前程远大。

十亩地

一个 69 岁，一个 71 岁。种十亩地，山地：2 亩生姜、2 亩红薯、3 亩水稻、1 亩花生、1 亩玉米、1 亩草。草喂鱼，另有 2 头牛。

老两口住在很高的位置，爬上去，我累得气喘吁吁。

门口，竹编的筐里篓里篾片大桶里，堆着放着的，全是红薯，很大个儿的那种。

"他们是怎么弄上来的啊？"

一个老大娘在家。

往里进，有 3 个大红塑料桶，四五个小铁桶，还有一台机器。

老大娘一个人在做红薯粉啊。

再往里进，靠墙又是两个大塑料桶，直径一米，一红一白，盖着盖子。掀开，浆里析出的是已经凝结成块的粉。要成了。

2 亩地，收了 5000 余斤的红薯，做 500 余斤粉。

院子里摊开晒着白色的薯渣，那是鱼塘里鱼的美味。

门口山坡上，橘子树下，有一半米高窄门。探头一看，很深。光线乍暗，看不分明。

眼睛适应了。妈呀，一窖子生姜。

2000 余斤。

十亩地，如此，十年了。

下山的时候，我不敢说累了。

大青竹

圆溜溜的大青竹，提一根在手上，沉甸甸的。略一掂量，起伏如水波然。老头蹲坐在房前，手锯开段，从碗口粗一直到酒盅口大小，20厘米一节，扔了一堆。

我捡一节，爱不释手。内胆是光滑的乳白色，外壁青青的，是新斩的竹，水润润的，还自带一股清新气。

我想着，可以摆在家里，插花枝，也可以做笔筒，一定很好看。

老头起身，一句话不说，把一段竹拎过去，在地上摆好，取刀背很厚的刀，略一比画。

"咔嚓！"很清脆的声音。

明明是人家的柴，我感觉损失了什么。

盖房子

削去一片山体,平出一块空地,盖房。一人拌水泥,一人绑钢筋,一人锁扣板,一人灌浆。如此断断续续已经一年半有余。"得出去打工了,要没钱了。"雇人、钢筋水泥都贵,就自己盖,迫不得已的工序才请人帮帮忙。已经能看出是三四层楼的规制。

房址在入村主干道旁边,是进出村的必经之路。他趔趄着身子,一人拧扣板的螺丝。

"咯吱,咯吱。"螺母咬入的声音。

下午阳光明媚,洒在这个中年男子黝黑的面庞上。

"咯吱,咯吱。"声音有点儿刺耳。

他怎么吃饭?他的家人呢?他还要盖多久?

不知道。

"咯吱,咯吱。"

他这么强烈地想要这个房子,他一定能盖成的!

草原食物

草原上吃的鱼,味道如羊尾巴骨一样醇美。黏嘴巴的牛头肉,把中巴车长途颠簸的疲惫驱散。来一木头碗奶茶,在酸奶里和上金黄的炒米,咀嚼,香气四溢在牙齿的罅隙。沙果酸极了,吃一个把牙齿都倒掉,消弭奔波的烦恼。兴安盟的大米啊,小小一盅上来,开盖,自觉帝王般尊贵。

水,天天喝,如这里的牛羊一样,是来自草原的泉水。

夜幕降临,村里一弯新月上来。狗吠声里,羊群睡觉了。

荸荠、鳊鱼与莼羹

荸荠　　长在水田里,如藕。皮红褐色,削皮肉白,入口脆,如地瓜而多汁。一口一个,十分解渴。

上海叫地栗,地里的栗子,颜色最像,形状是栗子被压扁了的样子。法国人管土豆叫"la pomme de terre"——"地里的苹果",有同趣。

鳊鱼　　即鲂鱼。清蒸,肉如葱白,鲜美。杜甫诗云:"鲂鱼肥美知第一。"好鲜啊。

不大,正常盘子大小。好像鲜美的鱼都不大。

莼羹　　凉凉一碗,白瓷碗。颜色如水草而略暗,其实就是水草。晋代名流云:"有千里莼羹,但未下盐豉耳。"

入口滑,如鱼的滑,有鱼腥气。不知是不是我的想象,有在河里野游的味道。

不需下盐豉,原味最好。

齐言鲁语

三妗子说:"姥娘去世前糊涂了,说阴话:'小白鸡,嘎嘎嘎,一嘎嘎到姥娘家。'"

表叔晚饭后过来耍,说:"这会子,正好肚子疼的时候——小的没结婚,老的身体不行了。"

大大说:"晚上表叔来拉呱,说,这人,一代一代,就像割韭菜,一茬茬割。"

俺娘,早上起来说:"人困入小死,晚上睡了什么都不知道。"

畴昔遣怀

秋日午后远郊,对大河水汤汤,听风吹白杨萧萧,读汉赋一篇,吟《九歌·湘夫人》。

玄思

垂垂老矣,不以想象力之丰富谋取每日精神的营生。以什么?以心思之细致,逻辑之缜密,格物之至善至美。

噙一团火在口里,任外面雾霭大雨无休无止。就像很多事情,是一个人的事情,与这个世界无关。

星光

星星很安静的,细小细小的亮,白白的一丁点儿。对星座的辨认,那是人的自作多情,如彼高远不可及的夜空,竟然有亮光,所有的想象都可以延伸。夜观天象,是近乎通天而与神灵交流了。

夜下走路,不要开灯才好。几万年前的星光照亮路,何等荣幸。

唯星光寂静。

粲然

说了一句好玩的话,得意地闭上眼睛。笑意溢漾起来,缓缓,缓缓。

涟漪荡开,花开也有这样的浓郁。

音乐喷泉之夭

那水柱很懂音乐的,高高低低,内升外落,忽强忽弱,随乐符而动——倒像是乐符随水而动了。

正是热烈的时候,高潮要来了,水柱排排涌起,水雾升腾,暴风雨来了!

音乐戛然停止。刹那间是死。死寂。只剩一地的水。

很残忍的。

酸辣粉

酸辣粉要晚上吃,晚一点儿,不作正餐。十一点了,昏昏欲睡的时候,来一碗(多用圆口深纸碗)酸辣粉,人就激灵了。现做现吃,汤汁浓浓,端出来,筷子挑起,是晶莹剔透的粉。

酸辣粉,味如其名,又酸又辣。这两种味道,是被热激发出来的。触唇的那一刻,味蕾就复活了,以为天亮了。这就是夜宵的魅力——迷惑要锁屏的大脑。

食物的美味有两种:一是天然的味道,比如黄瓜引人遐想的清香,榴梿招摇过市的臭,秋葵入口即滑的黏,土豆敦厚的糯;二是交融的味道,比如臭鳜鱼让人无法抗拒的腌鲜醇香、豆腐乳百吃不厌的细腻柔绵以及麻辣香锅底料里十余种植物调制出的麻与辣。

酸辣粉属后者。明明就是粉与葱与辣椒与豌豆,一起就是夜晚的魅惑。

吃酸辣粉的意思是,再说吧,就是不要睡觉。

一餐饭

在延边

大酱汤

吃完醇美的大酱汤，转个弯下国道就是林场。这里随意走都是水源保护地、国家森林公园、林区林场，空气是略带凉意的湿润，吸一口，如燥热之后饮冰水。不是雨季，但到处都能遇到水。在流经村庄的沟里，在庄稼地旁的渠里，在密林和深谷中的河里——水的各种声音鼓动耳膜。

那是自由自在流淌的水。

大地上的粮食极其丰富，做大酱汤主料大酱的黄豆自不必说，苞米煮熟了5块钱4个，甜啊，糯啊，挂齿香。豆角、土豆、南瓜一起炖排骨，别处的东西就没这里的味淳，每吃一口都是大地的肥沃。

老虎在山，鹿在林，动物们没怎么见。只见过一只林蛙，枯叶的颜色，倏然跳起来，像叶片飘飞。

午休随意停车，皆有流水环绕，与穿林的风声，混合成丰富的乐章。

山上多高大的树木，松涛阵阵，给人以力量感。白杨的叶子最先黄了，阳光一照，色彩斑斓。秋天来临，黑土地一切都准备好了。

就等你来。

啊呀，大酱汤。

明太鱼等

热炕，盘腿坐。炕连灶台，灶上煨牛肉汤，客来则盛，配大碗米饭、小碟辣椒酱、泡菜，曰牛肉汤泡饭。

必不可少大酱汤，必有青辣椒、粉条，切成小块儿的白豆腐。黑陶大口碗端上来。

明太鱼，红烧，4条，索价25元，物极其美而价廉。名字也美，鲫鱼、鲤鱼、草鱼、黑鱼……就明太鱼是"复姓"。此鱼身姿修长，肉紧致，入口有田螺的鲜美，也可能是放了泡菜的缘故。

一小碟白萝卜，脆甜。辣椒酱搅到牛肉汤里，混有植物香料的味道。

莎草与溪流

一株莎草躺在水里，倒映着云天的水，是山间幽密的溪流。莎草的茎叶长得细长细长的，顺水而舒展，躺在软绵的溪水上，婀娜荡漾。浓荫下的水分外静，深绿色，乍看如油润的软玉。水底石子若隐若现，激荡出细小的波纹，一波一波，不规则的弧，萦绕在周围。

这株莎草，就是这样美。

六月

在河南

娃娃与河流

走过一片青翠的水稻田,在三面树木环簇的空敞地上,有一座破旧的农宅。一个水灵灵的小丫头,被一个两代智障的家庭领养,还是童稚无知的年龄,扎两个羊角辫,瞪着大眼睛,隔着灰尘密布的纱窗玩手掌,再把黑狗的脖子搂住,摩挲它的前爪。

这个村有一条很美的河,两岸草木繁茂,河水自由流淌。

切好的豆角

中午很热,这院子里却凉风习习。两棵枣树直指天空,黝黑的树干上挂着翠绿的叶子。是石头和夯土的老房子,却收拾得洁净。灶台上陈旧的白瓷砖,被擦得破碎的细纹都看得见。临近中午,豆角已经洗好在一个塑料小盆里,南瓜用刀分出一角。

厨房静谧,食物如油画里的静物一样摆放。十几年过去了,娃娃也已经长成帅气的小伙子了。

枣树再高,也不如两边的楼房的墙高。一个人带大孩子,把厨房收拾洁净,这样一位母亲,一直在拭汗。

新疆烤馕

午饭时间到了,在村里的阴凉地,库尔班大叔围着白布裙站在炉边,烤馕。一个肚子胖嘟嘟的陶土炉子,里面燃着熊熊的火。炉子内壁,就是化面成馕的所在。烤馕一般两人,一人也行。和好的小块面团,湿湿地扔在面板上,转圈,搓,搓,搓,十秒钟之内面团变面饼,通常到大概汽车方向盘大小,就用馕戳快速扎眼。(馕戳为木制,形似长柄图章。)然后劲道十足的面饼就被拍到囊托上。(囊托圆圆的,不沉,比馕略大,一面覆薄膜贴面饼,一面有抓手,方便持握。)

至此到了关键环节,犹如武林高手,要动招了。只见库尔班大叔眉毛略动,嘴角轻扬,左手一扶,右手早把囊托举起,俯身向炉火,反扣。在看客着急面饼掉到火里或库尔班大叔的眉毛被烧着的时候,面饼早飞到炉壁上了,贴得妥妥的。

还没反应过来呢,库尔班大叔手里凭空多了条米把长的铁钩子,头往炉子里略探,一钩子下去,一个面饼就飞了出来。

不对,飞出来的是馕。

喷香。注意,此馕非彼馕。

年的记忆

　　网一匹肥硕的大鲤鱼，趁着葱花蒜末的香气，甩进黝黑油亮的大铁锅里。玉米的秸秆在灶下滋滋燃烧，时不时爆出一声轻响。灶里灶外香气扩散，醇美的鱼香、浓郁的草叶气息、烟熏火燎的年的味道，弥漫了整个童年。

音乐

BACH

Suite No. 5 in E minor

巴赫如此擅长小心思的演绎，如此纯熟而不遗余力，听来却并不讨人嫌。相反，这种明目张胆的童真让人莞尔且宽容了。

如孩童般快乐起来了，一定要快乐个够——这其实是不可能的，成年人说。

成年人要顾虑很多，不能快乐个够。巴赫来了，成年人也成小孩了。

BEETHOVEN

晚上不可听贝多芬的交响乐，静谧的夜承受不住，就像春朝不读叙事宏大的小说，小女孩不要穿一身绫罗绸缎。

CHOPIN

Nocturnes

肖邦总是很平和地叙事，丰富、细化天国的美。暴戾不被提，也不需要被打压，尽是春风和煦，暖日凉飔；异端不需要攻击，攻击本身就是问题；命运不需要抗争，抗啊争啊已经在歧路。人一生一世里是凌乱的，那么肖邦就是最温柔一刻的无限放大，把稍纵即逝的点封存，以音乐凝固，为人类所共有。艺术家的工作是脆弱的，艺术家的工作是伟大的。艺术家独立工作，为全人类。

CHOPIN
Vol VI – Preludes & Scherzos

真是人生如一首钢琴曲,不是忌平淡,而是求平淡而不得。想起普希金的长诗,俄罗斯的乡间,公爵少年遇见乡间农家的女儿,终日骑马,为了森林边木屋旁的一会。林涛、鸟鸣、溪涧,春日午后的草地上,拎个木桶挤牛奶。

战争要来,家族的阻挠要来,一代一代拎木桶挤牛奶的少女,橡树旁等待的青葱少年,都过去了。每个时代有每个时代的苦,每个时代都不曾停留。

青春要去,衰老要来。肖邦的钢琴曲,又奏响了。

振幅·一

七月在都城

掉毛的毛衣

雨后的大风

元月六日

巴赫

鸟鸣

无忧远虑的叙事诗

翠樾千重

晚归

凌晨三点五十分看海

一米的距离

来归

隐喻

面前

夕阳

年集

人物 两男子

房间

乙辑

一日一晨

夜歌

电荷

美梦成真

《洛阳伽蓝记》集句

在辽宁

草叶

失忆症

善

解药

人物 侍者

六月初九

H

赴约之后

达里雅布依组诗

人物 色鬼

如雾起时

九月初笺

快乐一种

春分补记

SEPTEMBER

在村里遇到一个患精神分裂症的人

振幅

同样振幅的两个物体

      一个振动

另一个　　会　　　慢慢振动

      最终

      同调和谐如一

不同振幅的两个物体

        一个振动

    另一个　　也会　　慢慢振动

      最终

    （无所谓终不终）

        无序无拍

我在等待　　你的到来　　与你共振

        我你　你我　　一

七月在都城

华灯初上
夜色温柔下来
黄色屋脊上蹲伏的走兽
窥视帝国雍容的日落繁华
远山明灭
无上的荣华加冕
夜色千重
你与我
辉煌与共

七月在都城

掉毛的毛衣

天气转凉
　她说
买了件毛衣
　都好
　只是
　会掉毛

穿来见面
果然好
暖暖柔静
　　如
她的心

黧夜送她回家
要走长长一段河堤
哦，河边雨后的夜

回到文明世界
进地下车站
灯光明亮

她看我
胸脯袖口脖颈腋下
她笑我也笑
果然是件掉毛的毛衣

雨后的大风

溽暑日午后大雨

骤停　　　起大风

衣服是长裤、T恤、蓝褶与黛短裙

　　　　　　　草色明亮

树摇晃　　　叶上的水落下

打到额头、肩与颈、胳膊与小腿肚

　　　　　　年轻是雨后的大风

〈元月六日〉

沾染在指尖药性的熏香气
是夜下来的你的气息

锦缎铺陈的夜晚
如鱼而动
而匿

我如此抱你的原因
绝不是你想象的那一个

Keyboard Concerto No. 1 〈巴赫〉

是庄重的玩乐
是诚挚豁达的朋友
是躲东藏西不离左右的小精灵
是一路游山玩水到来的端庄
是认真而顽皮的爱

无忧无虑的叙事诗

热闹广场

我低头改诗走而不走地走

你如鱼而来

无声息

到我身畔

浅浅打招呼

并肩而行

随便说什么都好

这样的邂逅

鸟鸣

东方既白
鸟鸣咕咕
在南在北
中心如之

东方既明
鸟鸣喈喈
在右在左
中心乐之

东方既旦
鸟鸣啾啾
在后在前
中心饴之

东方既亮
鸟鸣嘤嘤
在槭在柳
中心摇之

翠樾千重

一拐到沿河小道
没有路灯
眼睛倏然关起
心打开

夜凉风来
阳台与夜相接

门锁
换上宽松暗桃花色裤
乳白线织毛衣

凉手丝丝划过脸颊
额头对额头
我轻呼你的名字
蜷成婴儿的侧姿
各守各的如玉之身

一天惶乱
唯此一刻最静

晚归

最让人怀念的还是有味道的静
歪花癫酒难盖过浅浅矜持的笑
朝夕相见轻轻打招呼庄重问候
黄昏向晚雨打梨花重重闭起的门院

凌晨三点五十分看海

世界都睡了

唯你是醒

波涛涌动在亘古荒凉的海滩

所有的繁华都与你无关

一个转身

与时代隔阂

向海　向海

一个人向海

背后的灯火繁华

也不过一念间

无一丝人迹　三点五十分的海是无执

无一丝烟火　三点五十分的海是无念

风、海浪、回荡的波涛声进入我

进入我　与爱之伟大、文字之瑰丽对峙

向海　身怀爱与执

背海　一身苍茫气

这是三点五十分的海

这是盛年的我

我们握手言和

一米的距离

一

见面穿一双白鞋
白得刺眼
十个十日不见你
见一日还是你
只有你的鞋那样白
那样白的鞋是你
我守住我的心意
距你一米之外
一米之内
是我要抱你的距离

你以一贯的顽皮
跳出我一米之内的环
我不去赶你
我只看你
看你

　　　　　　　　见你一次
　　　　　　　我明悉一次
　　　　　　生活是如此复杂
　　　　　只给我你一米的距离

　　　　　　　一米的距离
　　　　　　爱你的距离

　　　　　伤翅而向你滑行

二

晚饭归
地铁车厢里
若有神助般

老夫扬笛老妇牵衣
远近悠扬婉转而来

千年等一回
这样的曲调
明明是个阴谋

你在我一米之内
我说怎么办
我想要抱你了

你跃跃跳开
倚门
咬唇笑

我假装作势环抱
你刚刚站过的轮廓

三

记忆里你一个人的房间是植物编织而成
门后床头墙上窗台是蒲菖艾草莲蓬海棠花蕾白色大株花

想起你想起的是植物气息
花茶薏米炒芝麻国光苹果不知名大串黄果子

十个十日不见
见你见到的是植物的精魂
纯粹的美
神性的知

我亦成一株植物
离你一米的距离
不起爱欲
只起爱

永恒的爱

来归

我如轻舟
朝发暮还

我如轻舟
曦月遍览

我如轻舟
素湍绿潭

我如轻舟
涧肃林寒

子之来归
子之归来

我如驳船
迤邅若甘

隐喻

你是一只白鹭
偶尔飞来
要么为这里的水清
要么为这里的草肥

每次只能看到你的影子
下次什么时候出现呢
不知道
我能做的
就是长成一片丰茂的沼泽地
引你时时来

夕阳

光芒四射那是在天上
迟暮的太阳在晚霞护佑下
缓缓
缓缓下沉
隐入万家灯火
回到人间
只留下天际一片淡淡的红

安详
慈悲
炽热燃烧过的深邃
傍晚的太阳

年集

集市上满街的刀鱼白菜牛肚香芹小磨香油
　　你中意的是麻绳串的高粱秆篦子
　　　　手刻桃木馒头模具
　　　　　虎头狮子剪纸
　　　　　　彩绘财神像

　　仙女下凡到人间的市廛
　　　　那是在去年

　　冬天总是萧瑟
　　　　你是这样

房间

进门左边是张竹椅
右边是床
浅蓝床单　单色被褥
床头木架上
摆几本书学校发的字帖干了的花草塑料小卡通动物

竹椅之上是木桌
宽宽大大
梳子花粉扎头皮筋铅笔盒墨水瓶爸爸带回来的陶制小狗
都放在上面

桌沿几与窗台齐
窗台放细细白酒瓶插一把油菜花
推开窗
山峦起伏远岱渺茫菜畦横斜炊烟隐隐

山里少女的房间

面前

在你面前我风流倜傥
威威武武状如龙虎

在你面前我唯是沉默
舒然淡然寂然翕然

在你面前我悲喜交集啊
喜又见到这样的我 悲只在你面前才有这样的我

人物 两男子

浓眉如野草
面庞黑红
板寸头
嘴角上翘
不屑状
四十岁左右
中等身材
皮衣
金表
缄默

小生
燕尾黑大衣
复式拉锁
蓬松头
刀削面庞
皮带表
言语沉稳
不动声色
年三十之内
手搭年长者肩
如兄弟

一日一晨

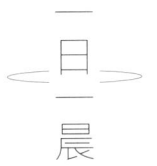

其实每天的追与赶就已抵得过千百个比拟
我手臂展开斜斜学小朋友扮飞机绕你一圈
日日早晨如约晚一班地铁如约背后脚步声
大声道早安在音乐喷泉北侧写字楼拐角前
一天最好的时光是东方即明风吹你我大笑
曾经不知未来莫问只要这一刻的烂烂灿灿

夜歌

引

一小杯加冰 Whisky
听一句一句认真
微醉而至烂漫酕醄
来不及赞扬的赞扬
生怕真心被误解

这午夜的泉响啊

一

柔软的心

我亦有一颗柔软的心
隐在愤世的外壳下
在微醺的夜晚
郁郁沸沸

我亦有一颗柔软的心
匿在随俗的外壳下

在雨后的夜晚
随你走过许多街衢

我亦有一颗柔软的心
就藏在我的黑布包里

我有一颗心
我有很多壳

二

我是一枚梨子

我是一枚梨子
小而多汁
让你珍惜

我是一枚梨子
小而鲜美
让你回味

我是一枚梨子
让你可以藏在你的黑布包里

电荷

有些物体之间
摩擦会起电

一个带正电荷
一个带负电荷

电荷积聚越多
相互吸引力越大

我是不带电的
在你出现前

美梦成真

这次头与枕终于达成了一致
五脏六腑也不再各自为政
睡
它们齐心协力
睡到了光阴里
空间的罅隙

我梦见故乡儿时的玩伴
中学单人床的上铺
春夜在及脚踝的小麦地里浇地 夜空是微蓝的白

还梦见枯草丛生的土丘
古代帝王忠厚刚毅的王臣画像
光明正大 如山而不动

我梦见鲁迅的写作箴言
先生说好的文章是
以真实写出的美丽　要成为这美丽

我梦见我快快从单人铺上醒来
喜极而其泣
向无人处说 Hi
着急进入这生活
要写出　成为生命的美丽

我梦见美梦就要成真
我梦见加冕前的战栗

在辽宁

晚风呼啸
吹过苞米地
醉意的炊烟四起
村庄收纳
一天的疲惫
三轮车 电动车 炭黑的电线杆
都回家
村庄里
少女在唱歌
河水 清亮的河水
穿透
喜鹊的叫声
天边的云纤细
晚风清凉
稻田幼稚
人良善
爱于是分散

《洛阳伽蓝记》集句

一

光相具足
端严殊特
相好毕备
炎光辉赫
金盘宝铎
焕烂霞表

二

绿波东倾
高岸对水
青槐荫陌
花蕊被庭
门巷修整
民户殷多

草叶

被草叶割伤之后
心情一度郁郁
想着一条江的样子
谜一样打方向盘
湘楚大地的雨
是记忆里的暖冬天气
贪看雨中黄叶的美
如小时候一样
如你认为的那样

失忆症

人是会失忆的
倏然回归到
宇宙的太初
生命的本源
蒙童的混沌

比如
我吻你的时候

毒

我开始坐立不安
饮食无味
凌晨四点在床上辗转
无缘由地心喜 心悸
自己跟自己说浑话

这是中毒了
我知道

翻箱倒柜找解药
病过多次我自诩是郎中
陈年、新积的都有

不可以

问题不在无解药
在不可以用解药

解药

文字是一枚解药
　我用心魂炼成
　　馈赠给世人

思念是一种剧毒
唯拥抱与文字可解

文字是非处方药
　拥抱是特效药

人物 侍者

来倒茶
眼睛不看人
看茶杯和水
前额浓重的刘海
透出深深双眸
如浓密树荫下的水

红布印花斜襟上衣
玄色花边裤
单衣
后颈与背平

一派静气
若观音的小童
走路窸窣
十七八九岁的小姑娘

<H>

紧身的小单衣
那得看穿在谁身上
颈与肩紧绷的弹性
淋漓尽致在项之郁勃
背沟之道秀
菩提盘坐之庄严法度

哦,高烛不灭翠黛轻颦的夜啊
那年我在海上

六月初九

雨后同村大娘沿街卖桃和杏
母亲培植的金边兰长出第二层
我作为贵客到前街邻家拜会
七年前扎辫子的小丫头梳起了后发髻
檐下海棠花开红二朵
昨夜抓的蝉蜕壳后攀在发财树的茎上
二姐说太阳晒干薄翼后它就要起飞

赴约之后

我知道浮华世象皆为散
我知道铅华褪尽容颜变
我知道韶光胜极归素颜
我知道理性的终点是烂漫

我知道一切奢华为幻
唯你为真

我知道天南海北流连
唯爱所归

人物色彩

一

高腰亮蓝牛仔裤
黑皮靴
白色职业裀
牛皮细带小红包
肩上搭下来到腰际

二

朱红高帮小皮鞋
箍住脚踝

紧腿牛仔裤
深蓝
浓郁的蓝

麻白外套及膝而不及
浅色单花里子

棕白间杂色厚围巾

用一把棱棱大骨伞
边走边细细折起来

九月初笺

一

带一本诗集去赴约
装在海青色的布兜里
早餐是掌心大的蛋挞酥
凉了一夜的水　单颗的硬糖
醇香的泡沫酒　小麦酿　那是在晚上
告别的时候
徒劳回头两次

二

晚风是有的
好像都没注意
秋天的树还是夏天的样子
夜下走路　树荫一片一片的
长带小肩包搭背后　望去有一种俊秀
最美的姿态自己看不到
上帝说　有些视角　专留给情人们

三

书桌上放一头白蒜
黄色的银杏果
以清寂与光阴共度
郁郁葆有的青涩啊
二十岁的少年
山间的水

春分补记

热火的神之领地

在天黑之前抵达

青翠的城恭候

长途归来的王子

把美酒打开

夜幕降临就畅饮

饮马在长河边

细眼看谜一样的落日

天黑之前抵达

一座王的城

把灵幻之兽解封

奏响失传的乐章

不可捉摸之地

旷野上长天辽阔

久立 醉意地凝视

热与火之歌

看不清 辨不明

一帧一秒的记忆

在天黑之前抵达

王储即将抵达

王城已经打开

快乐一种

梦一般不寐
心思宁静的小兴奋
晌午的阳光
如夜半轻云
眼睛犹疑在眠与醒
燥热与寒冷交并
炯炯之愣怔

以文字淬火
铭记一次神秘
犹忆昨日饮的汉江水啊
沉浸我与我

SEPTEMBER

九月
轻呼你的名字
你说
在

就像美好一直都在
从没有离开

九月
敲出一个平常的月份
心随指尖跳跃
乡间的水
缓缓地流

四时的美景
落花生

九月
那个国度中原腹地的风
屋顶的积雪　春的绿　秋的雨
门牌号上斑驳的日影

光阴孕育出一个小精灵

怎么有这样一个
九月

九月
年轮划开了一道鸿沟
那是想象的藩篱
透过电子的屏幕
空气在战栗

一年里
我只呼唤你一次

在村里遇到一个患精神分裂症的人

我也曾走在精神崩溃的边缘
内心的猛兽撕咬樊笼

我也曾在至暗的夜暴走
任雨水冲击清秀的面庞

我也曾焦灼于彷徨于未来
苦苦挣扎于逼仄的一角

我也曾在贫乏的知识迷雾里寻找出路
绕不出一个很小的圈

我也曾走在崩溃的边缘
所以我格外悲伤
见你这样　我格外悲伤

达里雅布依组诗

克里雅河畔

没有人的地方
沙丘缓慢移动
鱼鳞的纹路
镌刻
光阴之流转

昆仑山雪融
克里雅河水
消解
塔克拉玛干炙热的沙粒

骆驼隆起的驼峰上
时间缓慢
宽厚的脚掌踩踏

功成名就
如沙梦幻

于阗六月

西域三十六国
一千年前的风沙穿过
村庄
葡萄架下
孩子们度过童年

长睫毛弯弯
男子深邃的眼神

在六月
粗粝的砂石
绿草抑郁

遥远的地方　天　瀚海
了无人迹
白昼之下　沙尘弥漫

在六月
残存的绿意艰难生长
日色昏昏　炭黑电线杆的细影铺地

沙丘

沙丘
起伏的沙丘

沙哑的男声吟唱：
　　沙丘奈我何
　　奉我一捧清泉
　　为你唱此一生

沙丘
如锦缎铺陈的沙丘
　　肌肤般柔顺啊
钢琴独奏里的大丰富

瀚海之上　红纱巾

如雾起时

坐怀不乱销魂 坐怀乱销神

大雨过后 南瓜的花落了一地

水稻没成熟之前 全身都是绿的

晚上听肖邦 感觉自己一天都粗糙

托在枝头的白玉兰 像随时要飞走

寡情乏味 多情忠贞

高声诵《楚辞》 抑扬兮若歌

五颜六色的衣服竹竿上晾起来 就有了人间气

鱼肚剖开蒲团样晾起来 一点儿不感觉残忍

看到《诗经》有写得不好的地方 我释然了

公司晚饭后关了灯的会议室独自坐着 筋骨皆酥的感觉

要做经得起推敲的人

人格比风格 江郎才不尽

阴天里开得浓艳的花 如荒郊野地里的盛装女子

怀里抱捆芹菜从小学生队里穿过 真是难为情

灰黛校服穿起来嫣然百媚的初中生啊

老太太骑三轮板车呼啸而过

高诵《楚辞》酬午日 漫吟《诗经》向晚晴

一树花苞　一春心事

学问日益长进　前途波谲云诡

红色蕾丝长裙穿在里面　外面罩大衣　露出靓丽一尾　绮丽在内

乱山深处一身藏　凌云森笋万玉归

旧情人不讲情话了讲市井话　我是受不了的

寄所有希望在自己身上

风吹过我　再吹过去　就成了诗　一如酒流过了那个李太白

那些苦口婆心劝我学好的坏人啊

开开心心讲完话　发现自己特别难过

情太多　找不到势均力敌的对手　视己如归的心情写情诗

万物皆沉默 我亦无言

难过的不是藕断丝连 是丝断藕连

气急败坏的原因可以很简单

坏脾气是一个人真实的探底

年轻以年轻对抗势利 好在不知道是在对抗

空调室内出来 热浪盈遍周身 随便想象与谁拥抱

身轻而骀荡 情柔而心坚

铅笔横跌地上 寸寸裂断

抱你的感觉 是呼吸的感觉

爱是层层剥尽后还有核

十万春花如梦里 大千秋色在眉头

hot 的正确翻译是 辣

至甜至美 至酸至辣

高朋满座 感觉只有一个人

权势的加持 世俗的成就 如烟如土 先知如是说

夜空忽然亮 有神祇降临

轻易就过了槛 荒唐与纯情之间只隔一层窗户纸

寂静有多重的声音

向日葵 向日葵 光芒闪耀的向日葵 带来能量与热

世界不如唐诗美 每天都能融化你

草原上的长调　是悠长的思念

桃红色的晚霞　勾勒傍晚的云天

笔直的高粱　嫩生生站成一排

林中之人　对世界有一种宽容

只好以落拓不羁掩饰冰清玉洁

这也不过是　独立晚霞辉煌与共的三十秒

植物年幼的时候　尤其惹人怜爱

羊群像种在田里一样定住吃草

大尾巴羊全身都暖和

牛群走起路来意志坚定

远山 远山 真担心骑兵会席卷而来啊

晚霞沉睡的时候 恬静的天

站在花旁边 身与花俱美

原来至纯至净是大慈大悲

山桃花落如雨

春天山里的樱桃 少女的年龄

衰老的过程 是感知弱化的过程

世界的样子 在于自己的状态

你是 草原上的早春天气 远山连亘

后记一　沪上三年记

那年我在海上，每日饮一长长长长长长河的妩媚，踏上地铁去航海，沉迷于欲望的贞良。

那年我在海上，乘着雨水遨游，去眼眸里寻找，一天里一个世纪的悠长长长长长。

那年我在海上，不穿寒衣过冬，夜晚棉被裹身，缠绵魅骨的清醒。

那年我在海上，对着绿草之窗读佛经，游走魔都迟疑的尖顶。

那年我在海上，年轻到骨髓皆清奇，想象一条鱼，在游泳时溺水。

那年我在海上，三十二种莲花护体。

如今我自为莲花，出入尘世间。

后记二 打开海子的正确方式

打开海子的正确方式，不是读，是看。很多诗，不适合读，只适合看，默默地看，借海子的句子："一言不发，心情宁静。"海子就是这样一个诗人，他的大部分诗，都不适合朗读。那首无人不知、无人不晓的《面朝大海，春暖花开》或许是个例外。同样的，还有一首《献诗——给S》（应该还有别的，从略），也是极适合朗读的。这样的诗如歌一样，用汉字的平仄做出音律，朗朗上口，可以试一下。

谁在美丽的早晨
谁在这一首诗中

谁在美丽的火中　飞行
并对我有无限的赠予

谁在炊烟散尽的村庄
谁在晴朗的高空

天上的白云
是谁的伴侣

谁身体黑如夜晚　两翼雪白
在思念　在鸣叫

谁在美丽的早晨
谁在这一首诗中

无须懂，读下来，就是好美丽的心情。就像听的一些歌，旋律如此之魔性，歌词几乎不重要了。

这样的诗，在海子的诗里是少数。他不是重音律的，更多是跳跃的，是文字的。我认为，海子诗的好，好在其不是歌。对诗的揶揄，"顺口溜""分段""大白话"，都不适合海子。真的诗人，一定是文字圣手，而不一定是音律圣手。看下面的句子：

白鱼流过
桃树树根
嘴唇碰破在桃花上

活在这珍贵的人间
太阳强烈
水波温柔

雨水中出现了平原上的麦子

我寂寞地等,我阴沉地等
二月的雪,二月的雨

当流水淙淙
八月的泉水
穿越了山冈
月亮是红豹子
树林是绿豹子
少女是你们俩
生下的花豹子
即使我是一个粗枝大叶的人
少女,树林中
你也藏不住了

和平与情欲的村庄
诗的村庄
村庄母亲昙花一现
村庄母亲美丽绝伦

夜里风大　听风吹在村庄
村庄静坐　像黑漆漆的财宝
两座村庄隔河而睡
海子的村庄睡得更沉

晨光中她突然发现我
她眯起眼睛
看得我浑身美丽

八月逝去　山峦清晰
河水平滑起伏

  有一种好的诗，是静默的。文字看了，入脑成画，心中默念，唇齿留香，但真正读出来，可能却是拗口。海子的文字，是抓人的，可辨识的，是陈词滥调的绝对反面，可以说他丰富了汉语的表达。原来文字可以这样组合。
  读海子的诗，不要刻意求懂一首诗的意思，他的很多诗是片段的，他的很多意向，是不向普通读者开放的——他造出了很多意向，是属于他个人或他认识的人的，比如前文的"豹子"的意象。这是他的缺点，他没有给读者一个入口，进入他的诗里，但这又是极难处理的地方。写作有两种：一种是对外的，给别人看的；另一种是对内的，写出内心，不考虑别人。海子的创作，总是被这种强烈的向内的表达攫住而不管不顾，写下来、写下来，表达内心。如凡·高要画下来、画下来，画到自己满意。别人，是顾不上的。是这样的一种表达的天才，给我们汉语带来了如此的可能性，以至于对他的缺点，我们宽容了。天才何其难，"哲学王"何其难，西方哲学已经认清，人是很难同时体验无限可能的生活的，因其自相抵牾。没有臻于至善至美的海子，如他的陨落，给我们遗憾，也让我们一直爱他，却不怎么懂他，以为他就是那首《面朝大海，春暖花开》。

爱一个人，要理解他／她，不然爱的是假想的他／她，不能长久。打开海子的正确方式，是翻开一本诗集，随便翻到某一页，看。放松自己，放纵自己，让文字抓住你，相信伟大诗人文字的魔力。

姐姐，今晚我在德令哈
这是雨水中一座荒凉的城

人类和植物一样幸福
爱情和雨水一样幸福

我为我自己铺下干草

夜的女儿，我也为你

牧羊女打开自己——
一只黑色的羊
蹲伏在你的腹部

不要刻意去理解一首诗，让文字如同一道闪电划破天空，击中你。你会发现，一个属于你的海子，一个句子、一个词的组合，里面藏着那个纯真、细腻、深情的海子。
其实最终发现的，是一个不为己知的自己。
一个更美好的自己。